roman rouge

Dominique et compagnie

Sous la direction de
Agnès Huguet

Nancy Montour

L'arbre à chats

Illustrations
Gabrielle Grimard

**Catalogage avant publication
de Bibliothèque et Archives Canada**

Montour, Nancy
L'arbre à chats
(Roman rouge ; 40)
Pour enfants de 6 ans et plus.

ISBN 2-89512-487-6
I. Grimard, Gabrielle, 1975- .
II. Titre.

PS8576.O528A92 2006 jC843'.6 C2005-941193-7
PS9576.O528A92 2006

Dépôts légaux : 1er trimestre 2006
Bibliothèque nationale du Québec
Bibliothèque nationale du Canada
Bibliothèque nationale de France

ISBN 2-89512-487-6
Imprimé au Canada

10 9 8 7 6 5 4 3 2 1

Direction de la collection
et direction artistique :
Agnès Huguet
Conception graphique :
Primeau & Barey
Révision-correction :
Céline Vangheluwe

Dominique et compagnie
300, rue Arran
Saint-Lambert (Québec)
J4R 1K5 Canada
Téléphone : (514) 875-0327
Télécopieur : (450) 672-5448
Courriel :
dominiqueetcie@editionsheritage.com
Site Internet :
www.dominiqueetcompagnie.com

Nous remercions le Conseil des Arts du
Canada de l'aide accordée à notre programme de publication. Nous reconnaissons l'aide financière du gouvernement du
Canada par l'entremise du Programme
d'aide au développement de l'industrie de
l'édition (PADIÉ) pour nos activités d'édition.

Nous reconnaissons l'aide financière du
gouvernement du Québec par l'entremise
du Programme de crédit d'impôt pour l'édition de livres – SODEC – et du Programme
d'aide aux entreprises du livre et de
l'édition spécialisée.

*Pour Catherine,
une adorable coquine
qui rêve d'une maison
remplie de chatons*

Chapitre 1

Avis de recherche

Depuis que l'été est commencé, ma mère ne parle que de son jardin potager. J'ai bien essayé mille fois de lui confier mon rêve à moi. Mais je n'ai pas encore trouvé les mots magiques pour lui dire que je voudrais un petit chat. Mon amie Rosalie a de la chance. Son père lui a offert le plus gentil des chatons. Parfois, je me dis que si j'avais été adoptée par les parents de Rosalie, j'aurais une sœur et un chat. Ce qui n'est pas le cas. Je sais que mes parents adoptifs m'aiment énormément. Depuis que je suis toute petite, ils me répètent cent fois par jour :

—Maïli, tu es le plus beau cadeau de notre vie !

Je les aime beaucoup moi aussi. C'est juste que je voudrais tant avoir un petit minou. Je sais que ce

n'est pas possible. C'est pour cela que je n'ose pas le demander. Parce que mon père est très allergique aux chats.

• • •

L'été, mademoiselle Silvie s'occupe d'un marché de fruits et de légumes près de chez moi. Elle vend aussi des plantes, des fleurs

et du miel. Chaque fois que nous nous y rendons, elle me donne quelque chose à grignoter. Ce que je préfère, ce sont les fraises ! Mademoiselle Silvie est vraiment gentille. Ma mère lui pose toujours un tas de questions à propos de son potager. C'est souvent très long et je m'ennuie. Mais aujourd'hui, c'est différent. Il y a quelque chose

de nouveau sur le mur… un avis de
recherche. Un chaton a disparu.
Une récompense est offerte par une
certaine Noémie. Mon cœur fris-
sonne. Je dois absolument retrouver
ce minet. Il est si joli sur la photographie. Je cours jusqu'à la voiture
pour prendre un bout de papier et
mes crayons. Je recopie soigneu-
sement toutes les informations.

Noémie habite la rue des Colibris.
Ce n'est pas loin d'ici. Je pourrai
m'y rendre en vélo. Je dessine aussi
le chaton pour bien me rappeler
qu'il a une tache blanche sur le nez
et sur le bout des pattes de devant.
Il est trop mignon et je vais le retrouver. Je me demande quelle sera la
récompense…

Chapitre 2

Un drôle d'oiseau

Où peut se cacher un petit chat perdu ? Une chose est sûre, il n'était pas au marché de mademoiselle Silvie. J'ai regardé partout pendant que ma mère discutait avec elle. Même dans les énormes pots de fleurs. Rien. Pas la moindre moustache de chat. Dans la voiture, j'ai demandé à ma mère de conduire très lentement.

—Qu'est-ce qui se passe, ma belle Maïli ?

–Rien. Je ne veux pas renverser les fraises, c'est tout !

Il ne faut pas que ma mère se doute de quelque chose. Elle m'interdit d'approcher les animaux que je ne connais pas. Elle ne comprendrait jamais que ce petit chat là, je ne sais pas pourquoi, mais je l'aime déjà. Ma mère s'inquiète

toujours trop pour moi. Elle ne fait pas la différence entre un chien et un ours. J'imagine qu'elle doit aussi confondre les chatons et les lions… Pour elle, tous les animaux semblent dangereux.

Je guette la route avec l'espoir de voir une petite touffe de poils courir quelque part. Mais toujours rien.

Pas la moindre trace de chat. Je suis très inquiète pour lui. Peut-être qu'il a faim… Il doit être effrayé ! J'ai besoin d'aide. Je vais téléphoner à mon amie Rosalie.

• • •

Avec Rosalie, j'ai l'impression d'avoir parcouru toute la planète en un après-midi. Je pense que mon vélo est aussi fatigué que moi !

Nous avons fouillé partout sans trouver le moindre indice. Je ne sais plus où chercher. En arrivant devant sa maison, Rosalie me dit :

—Maïli, tu ne retrouveras jamais ce petit minou. Il peut se cacher n'importe où.

En rentrant chez moi, j'essaie d'oublier ce que Rosalie a dit. Je pense plutôt à la récompense. Moi, si je perdais mon animal

préféré, je donnerais tout ce que j'ai pour le retrouver. Peut-être qu'on m'offrira un coffre rempli de pièces d'or ! Ou des bonbons de toutes les couleurs ! Hum ! j'adore les récompenses ! Mais il faut avant tout que j'attrape cet adorable fripon. Je me demande bien quel est son nom.

En arrivant chez moi, je me rends directement au fond de ma cour. Je me faufile entre les gros arbres. C'est dans l'un d'eux que mon père a construit une cabane. Dans un chêne immense. Je raffole de cet endroit. C'est mon île verte. Mon île secrète. Je grimpe à l'échelle. Je pousse la trappe et j'entre dans mon repaire. Il y a des coussins partout et une table basse pour jouer et dessiner. Mademoiselle Silvie m'a donné une petite plante

qui sent bon la menthe. Je l'ai déposée sur le rebord de la fenêtre. C'est très joli.

Je sors de ma poche le papier sur lequel j'ai dessiné le chaton recherché. Je l'accroche sur le mur de planches. J'entends alors ma mère qui m'appelle. C'est l'heure de manger. Je sors la tête par la fenêtre et je crie très fort :

– J'arrive, maman !

À ce moment, je perçois un mou-
vement près de moi. Il y a parfois
de beaux oiseaux qui se cachent
dans le feuillage de mon arbre,
mais aujourd'hui, ce n'est pas
cela… C'est un petit chat qui a une
tache blanche sur le nez et sur le
bout des pattes de devant ! Je n'en
crois pas mes yeux. C'est lui qui
m'a trouvée ! Je n'ose pas bouger.
J'ai trop peur de l'effrayer. Pourtant,

j'aimerais tellement qu'il sache que je ne lui veux aucun mal. Je voudrais juste le prendre dans mes bras et le caresser tendrement. Lui dire que je suis là. Il me regarde. Je le trouve encore plus joli que sur la photographie. Il miaule. Je tends la main vers lui, mais il est trop loin. Je l'appelle doucement. On dirait qu'il a compris. Il s'approche de la fenêtre et là, enfin, je le tiens !

Chapitre 3

Une belle récompense

J'entre dans la maison comme un véritable ouragan. Je me lave vite les mains et je m'assois à table. Je mange mon repas en pensant à mon charmant prisonnier. J'ai pris soin de bien refermer le battant de la fenêtre et la trappe de mon repaire. Je ne veux pas que ce chaton se sauve encore une fois !

Je songe tout à coup à la récompense... Je ne peux pas rendre ce coquin tout de suite. Je viens juste

de le trouver. Je ne le connais pas
encore assez. Je cherche une idée
dans le fond de mon assiette. Et si
je le gardais jusqu'à demain…

• • •

C'est aujourd'hui que je dois rendre mon amour de petit chat. Cela
fait bien trois fois que je vais jusqu'à
la grande maison dans la rue des

Colibris. Deux petits garçons habitent là-bas. Je les épie. Ils jouent toujours au ballon. Ils n'ont même pas l'air de s'ennuyer de leur chaton. C'est trop injuste. Oups ! Le papa sort de la maison. Les deux garçons montent dans la voiture avec lui et ils s'en vont. Il ne reste que la maman qui n'arrête pas de secouer des tapis sur sa galerie. La

voilà qui sort de la maison en poussant un fauteuil jaune. Je m'approche avec le chaton dans les bras et je lui dis :

– Bonjour, madame. Êtes-vous Noémie ?

La dame se tourne vers moi en éternuant. Elle a les yeux horriblement rougis. J'ajoute timidement :

– Je pense que j'ai retrouvé votre chat.

La dame me sourit d'un air embarrassé et me demande :

– Comment t'appelles-tu ?

– Maïli.

– Tu vois, Maïli, j'espérais que notre Bouffon se trouverait une autre famille. Je ne peux pas le garder. Ce n'est pas parce que je n'aime pas les chats. En fait, je rêvais d'en avoir un depuis que je suis toute petite. C'est juste… qu'on dirait…

que je suis a… a… allergique ! Tu
ne voudrais pas t'en occuper, toi ?

— Moi ? J'adorerais ça ! Je vous
promets que je prendrai bien soin
de lui.

J'ai fait plusieurs voyages en vélo
entre la grande maison et mon arbre. Parce que, en plus du chat,
Noémie m'a donné un gros sac de
nourriture, des jouets, une brosse,
une laisse et un bout de couverture

que minou traîne partout. J'ai un vrai petit chat à moi. C'est la plus fabuleuse récompense qui soit ! Il est tellement mignon, mon tendre Bouffon. On dirait que je le connais depuis toujours.

Cet après-midi, je joue à la cachette avec lui. Il est trop drôle. Je fais semblant de ne pas le voir, mais il faudrait qu'il cache un peu mieux le bout de sa queue noire. Je

lui ai appris à jouer au soccer avec sa balle jaune. C'est rigolo de la voir rouler entre ses pattes ! Je dois dire qu'il est bien plus agile que moi.

J'ai passé une super journée avec mon petit Bouffon. Il s'est endormi, blotti dans sa couverture. Je lui ai aménagé un beau coin dans ma cabane. Il sera bien ici, caché dans mon arbre à chat.

Avant de refermer la trappe, je lui souhaite mille fois bonne nuit ! Comme le fait ma maman lorsque la nuit s'installe avec tous ses bruits.

Chapitre 4

Une surprise poilue

J'entends le réveille-matin de papa. Vite, je me précipite hors de mon lit. Je tire sur la couverture. Bon ! mon lit est fait. Je dégringole l'escalier. Je suis sur le point de sortir de la maison lorsque mon père me demande :

—Qu'est-ce qui se passe, Maïli, tu ne manges pas avec moi aujourd'hui ?

C'est vrai que, d'habitude, le matin, j'ai toujours très faim. Mon

comportement est un peu suspect. Je ne veux surtout pas que mes parents découvrent mon secret. Je dépose sur la table deux grands verres de jus d'orange ainsi que les bols pour les céréales. Je m'installe à ma place habituelle et là... qu'est-ce que je vois ? Mon chat ! Il est assis sur le rebord de la fenêtre et me regarde d'un air amusé. Il ne faut pas que papa le voie. Mon père a découvert qu'il est très allergique aux chats lors d'une visite chez tante Mireille. Il s'est assis dans le fauteuil du gros matou… Il l'a même pris dans ses bras… Et il a eu plein de rougeurs qui piquent ! Depuis ce triste jour, mon père a peur des chats. Je me lève d'un bond et je tire le rideau. Mon père, qui prépare le café, s'inquiète :

—Qu'est-ce qu'il y a, Maïli ? Tu es bizarre aujourd'hui !

—Mais non, papa, c'est toi qui es encore trop endormi !

–Ça, c'est vrai. Je ne suis pas tout à fait réveillé. On dirait qu'il y a un chat assis sur notre galerie !

Je jette un coup d'œil par l'autre fenêtre et je vois mon Bouffon qui m'attend. Il est assis devant notre porte. Qu'est-ce que je vais faire maintenant ? Une fois que mon père aura plongé dans sa tasse de café, il sera bien réveillé. Il saura qu'il n'a pas rêvé !

Je verse des céréales et du lait dans mon bol, puis je lance :

—Je pense que je vais manger sur la terrasse.

—Bonne idée ! ajoute mon père.

Je ne peux pas le laisser me suivre. Je le pousse du comptoir vers la table de la cuisine en lui disant :

—Tu ferais mieux de rester ici, papa. Endormi comme tu l'es, tu pourrais trébucher dans l'escalier !

Je lui colle un gros bisou sur la joue en ajoutant rapidement :

—Bonne journée, papa ! Ne t'inquiète pas pour moi !

En une seconde, je franchis la porte et je descends les quatre marches qui mènent à notre terrasse. Là, j'abandonne mon bol de céréales sur la table de jardin. Pour les mouches, c'est un vrai festin ! Moi, je fais la course avec mon petit Bouffon. Il en profite pour chasser un ou deux papillons. Tout à coup, il se tapit dans l'herbe. Je fais comme lui. Je me cache derrière un arbre. Mon île verte est en vue… et une autre surprise m'attend. Une

belle chatte blanche. Elle porte un magnifique collier rose. Elle est assise au pied de mon arbre. Je me lève doucement et je m'approche d'elle.

– Qu'est-ce que tu fais ici ?

Je la flatte entre les oreilles. Un médaillon m'indique son nom.

– Tu t'appelles Princesse ?

La chatte ronronne. Quelle belle surprise ! Mais j'entends alors du bruit là-haut, dans ma cabane. On dirait que mon petit Bouffon a réussi à ouvrir le battant de la fenêtre et qu'il a invité des copains pour faire la fête ! Je grimpe à l'échelle et j'ouvre la trappe. Mon repaire est tout à l'envers. Il y a cinq ou six polissons qui ont déchiré le sac de nourriture. Il y en a partout. Ils ont même mâchouillé la jolie plante que mademoiselle Silvie m'a offerte. Qu'est-ce que je vais faire, maintenant ? Un animal, c'est déjà beaucoup de travail. Surtout un minet secret qui me suit partout. Je ne peux pas garder tous ces chats. On dirait que je n'ai plus le choix, je dois tout raconter à mes parents.

Chapitre 5

Je t'aime

Maman déjeune tranquillement sur notre terrasse. Heureusement que papa est déjà parti travailler. Voir sa petite Maïli entourée de tous ces chats le rendrait malade ! Je ne sais pas encore ce que je vais dire à ma mère. Je n'ai pas trouvé les mots magiques pour lui faire comprendre que j'aime ce petit chat. Plus j'approche et plus je serre mon Bouffon dans mes bras. J'ai beau tenter de retenir mes larmes, je n'y

arrive pas. J'ai peur de le perdre
pour toujours. Les autres chats, eux,
se tricotent un chemin entre mes
jambes. Moi, je ne savais pas que
mes larmes traceraient un arc-en-
ciel entre mon cœur et celui de ma
maman… Je n'ai presque rien dit
et elle a tout compris. Elle a mur-
muré :

—Viens ici, ma belle Maïli.

Maman a pleuré avec moi. Il y
avait juste trop d'amour autour de
nous. Ensuite, nous avons ri. Je ne

sais pas vraiment pourquoi. Peut-être qu'il y avait trop de chats ! Je lui ai présenté mon petit Bouffon et je lui ai tout raconté. Mon histoire l'a beaucoup amusée. Ma mère aussi m'a confié un secret… Alors qu'elle avait sept ans, le jour de son anniversaire, elle a trouvé un chat au bord de la mer. C'était une surprise de ses parents. Elle n'a jamais oublié cet été magique. Elle emmenait Caramel partout avec elle.

Maman a dit que Bouffon sera mon petit chat à moi. Ce sera un peu plus compliqué à cause de l'allergie de papa. Bouffon n'entrera jamais dans notre grande maison, mais il pourra passer l'été dans la cabane et l'hiver dans le garage. Maman est convaincue que papa sera très content pour moi. J'ai vraiment de la chance d'avoir des parents qui m'aiment

autant. Des parents qui comprennent qu'un rêve impossible peut laisser un grand vide dans le cœur.

Après avoir bien déjeuné et après avoir cajolé tous ces chats, nous avons rendu visite à une vieille dame que ma mère connaissait. Elle était si contente de revoir sa Princesse qu'elle m'a offert une vraie pièce d'or. Maman a dit que c'est très rare.

Mademoiselle Silvie et mon amie Rosalie nous ont aidées à rendre tous ces chats à leurs propriétaires. Le plus drôle, c'est que Rosalie connaissait bien Fripon, le chat de sa voisine, madame Dupont. Il y a quatre enfants dans cette maison. Ils nous ont offert un gros sac de bonbons !

Mademoiselle Silvie m'a conseillé de sortir ma plante de la cabane et de la planter très loin de la maison. Tout au fond de la cour. Cette plante porte un nom étrange car les chats en raffolent. On l'appelle l'herbe à chat.

Ensuite, maman et Rosalie m'ont aidée à nettoyer la cabane. Tout est redevenu propre et douillet. Papa nous a rendu visite, mais il n'est pas entré. Il ne peut pas flatter Bouffon, même s'il le trouve vraiment mignon.

Maman m'a confié un autre secret… un jour nous irons jusqu'en Chine. Il y aura une petite sœur qui nous attendra là-bas. J'ai hâte de lui montrer mon chat. J'espère qu'elle ne sera pas allergique comme notre papa !

Dans la même collection

Achevé d'imprimer en janvier 2006
sur les presses de Imprimerie L'Empreinte inc.
à Saint-Laurent (Québec) - 64616